江山犹是

《深圳文典》

倾心辑录大浪淘沙始见金的珠贝美文

展示彰显深圳城市精神和品格的大我之作

筹谋时代精神和明日华章的深圳表达

深圳文典

丛书主编／陈寅

江山犹是

王国猛／著

深圳报业集团出版社

总序

历史是最好的教科书，也是最佳的营养剂。

1979年7月8日，蛇口半岛开山炮响。一时间，深圳上空电闪雷鸣，密集地从天边杂沓而至。南海潮急，伶仃洋惊涛拍岸……仿佛它们要为这片沧桑且沉默的土地，强注生命活力和奔腾乐章。

“时间就是金钱，效率就是生命。”一种前所未有的标语，在数千年板结的土地炸响。观念革新不约而同成为此间人们最重要的精神呼唤与灵魂内核。

“二千里往回似梦，四十年今昔如浮。”[1]为了探索和开辟前无古人的经济特区，丰富自己的物质和精神生活，各个时期的深圳人都作过许多贡献，留下了不可磨灭的印记。多年以后，当我们目睹以万亿为计量单位的经济生成，一个边陲小镇嬗变为对标纽约、东京、巴黎、伦敦的中国一线都市，我们，究竟能感悟到怎样的城市能量与文化实践？

荡漾了南中国海的深圳湾，恣肆汪洋接纳了东西南北风，因为它们，最有欢欣雀跃的心灵。从特区建立伊始，四面八方的移民为这座年轻的城市带

1. “二千里往回似梦，四十年今昔如浮”出自宋代诗人范成大《送举老归庐山》，感慨时光流逝。

来了丰富的、充满活力的文化因子，各种文化观念在这里交互激荡。深圳经济特区所沉淀的物质和精神财富，正是每一程歇息中、每一眼回眸里、每一步征途上的巨量矿藏。

2021年，时逢中国共产党百年华诞，深圳报业集团出版社秉承主流出版机构的担当，呼应新时代的要求，踵事增华、盛意拳拳，推出“深圳文典”丛书。一曰顾盼历史，倾心辑录大浪淘沙始见金的珠贝美文；再曰铺叙当下，展示彰显深圳城市精神和品格的大我之作；三曰式瞻未来，筹谋时代精神和明日华章的深圳表达。

顾盼历史，初心如磐。深圳本土文化人和第一代移民是深圳精神的拓荒者。穷心南方以南，倾力扎根深圳，他们用精彩文字记录了经济特区艰难而雄放的创业初程。打工体验、移民历程、青春奋斗、城市生活、网络联结……凡此种种，无不缘起于比虚构更精彩的城市故事，并于多样中存在，在流动中发展，从融合中前进。蓦然回首，这片深情的土地仍然激荡着后辈心扉的筚路蓝缕之跫音。

铺叙当下，弹指芳华。编撰“深圳文典”的我们认为，人的认知是一个互相联系又互相影响的总体。知识的掌握与认知的扩充、深化，会带来社会与文明的进步。“深圳文典”将是文艺的、人文的、社科的典籍荟萃。藉此大数据时代，这套文典也将提供值得借鉴的宏观叙事方式，避免信息碎片化，重视思想与实践的关系，构建有关深圳叙事的发见和创新话语。在新世纪里，精神求索者都有一个梦想，让思想本身充满创造力、创新力。

式瞻未来，文脉不绝。根本在于一代代深圳人以典籍为媒，薪火相传；以迭代赓续的波澜壮阔的大特区为坐标，纲举目张，分则独树一帜，集则琳琅满目。与中国改革开放同频共振的深圳写作者致力于弘扬“敢为天下先”的社会与文学观念，张扬“该做就去做”的新的人文精神。

“蓬莱文章建安骨，中间小谢又清发。”[2]“深圳文典”，萌之于特区热土，立之于湾区潮头，为深圳这座年轻城市打上了无限文化魅力和巨大文

2.“蓬莱文章建安骨，中间小谢又清发”出自唐代诗人李白《宣州谢朓楼饯别校书叔云》，表达了豪放与自然和谐统一的境界。

化能量的烙印。深圳的文化担当意识与文化创新实践，不啻是一城一地的文化探索，更是文化强省、文化强国的深圳实践。

总有一些文字记录并抒写着时代奋进的人们，以及每个个体的理智与情感温度。深邃、灵动、悲欣、凉热……藉此打开的不仅是我们的触感，还有我们的灵魂之窗。优秀的典籍，既是文明时代的共享记忆，也是我们与历史的精神烛照。

我们对以“深圳文典”为名记录这个既拥抱当下、又承载希望的时代怀着深深的敬意与礼赞。不管多少年以后，当我们安居此城一隅，每当我们翻阅“深圳文典”，谈论或者温习一代又一代深圳人闯与创的心路旅程，这些被时光镌刻的篇章，或许能脉动着超越城市天际线的眼界，并引人回味。

陈寅

2021年8月26日

自序

作诗为文实在是件不容易的事。古人皓首穷经日夜苦吟，留下的文字堪称精妙者也并不多见。算起来孔孟老庄、屈原陶潜、李白杜甫、韩愈柳宗元、苏轼欧阳修、汤显祖曹雪芹……似乎大家云集，可那是数千年的精英集聚，散落在各个朝代则恰如沙中之金。有些时代或群星灿烂，有些时代却黯淡无光。但即使不像“李杜文章在，光焰万丈长”，能在浩瀚史册中留下姓名，能让自己的文字流传后世，亦已非常人。

写作于我而言，是种日常的活动，快乐的抒发，并无特别的目的。我只是把阅读所学、思考所得、人生所悟，痛痛快快地表达出来。有时自说自话，有时与先贤交流，有时自我纾解，有时放意肆志，有时深情吐露心声，有时冷静阐述哲理。所以某种程度上说，我的写作更多的是写给自己看的，朋友们读后产生共鸣予以肯定我当然是很高兴的，若有人不能理解，否定甚至不屑，我也并不以为意。正如陶弘景诗云：“山中何所有，岭上多白云，只可自怡悦，不堪持赠君。”达到自我愉悦的目的，我想也是写作的一种重要功能吧。

对于散文，我情有独钟。我一直主张，文章不可太长，长则失去了主旨，失去了锐气。古之佳文皆简短有力，深刻平易。诸葛亮的《出师表》、陶渊明的《桃花源记》、韩愈的《师说》、范仲淹的《岳阳楼记》、欧阳修的《醉翁亭记》、苏轼的《赤壁赋》都只有短短的几百字。可这些文章却畅行古今，即使千年以后，我们依然喜欢背诵吟咏。所以我致力于写短文，绝不冗长拖沓。

短并不意味着容量小，思想浅。恰恰相反，我以为必须文以载道，言之有物。也就是要思想深刻观点独特，如果人云亦云，或者观念陈旧，就没有写作的价值和意义。有了思想这个核心，然后进行逻辑的展开，无须太长，即可析理抒情，多了都是累赘。

阐释思想观点的时候，我一般都好用历史典故或者生活事例作为佐证，尽量让文章具有趣味性和观赏性，使理不是以冰冷的面目呈现，而是以美好的意境展示。在理性中增强感性，也就是讲求一种审美愉悦。同时力争做到文字饱满丰赡，形象立体，富有想象力创造力，这一点，我特别欣赏并遵循韩愈力主的“惟陈言之务去”。在文章的表现领域方面，我希望挫万物于笔端，抒情议论，了无滞碍。没有框架，文无定法。行于所当行，止于不可不止。

古之先贤虽去，然留下的精神财富堆积如山，我常入宝山，誓不空手而归。近读苏轼诗《陌上花》：

陌上花开蝴蝶飞，江山犹是昔人非。

遗民几度垂垂老，游女长歌缓缓归。

深觉大师其实从未远去，江山犹是，昔人已非，而精神长存，与日月同辉。故以“江山犹是”为书名，企能承继先贤之学识精神，慰藉空寂之心灵，丰满贫瘠之思想。是为序。

王国猛

2022年8月25日